«PARA NUESTRAS MADRES, CON AMOR Y GRATITUD
Y PARA TODAS LAS MARAVILLOSAS MADRES DEL MUNDO».

ISABELLA Y FRANCESCA

¿MAMÁ SÓLO HAY UNA

TEXTO: ISABELLA PAGLIA

ILUSTRACIONES: FRANCESCA CAVALLARO

Picarona

MI MAMÁ
SE LLAMA CAMILA,
TIENE LOS OJOS AZULES
Y EL PELO RUBIO.

MI MAMÁ SE LLAMA
MARTINA, TIENE LOS
OJOS COLOR AVELLANA
Y EL PELO CASTAÑO.

CADA MAÑANA MI MAMÁ
ME AYUDA A VESTIRME,
ME PREPARA EL DESAYUNO
Y DESPUÉS ME LLEVA
A LA ESCUELA DEPRISA
Y CORRIENDO CON SU
DESCAPOTABLE ROJO
CHILLÓN.

LUEGO, SE VA CORRIENDO AL TRABAJO.

CADA MAÑANA MI MAMÁ
ME AYUDA A PEINARME,
ME PREPARA ROSQUILLAS Y
LECHE CON MUCHA ESPUMA,
Y LUEGO, CON SU PEQUEÑO
COCHE DE COLORES,
ME LLEVA A LA ESCUELA
Y SALE PITANDO HACIA
EL TRABAJO.

MI MAMÁ TRABAJA EN UNA OFICINA CON EL ORDENADOR ¡Y PULSA UN MONTÓN DE TECLAS!

¡MI MAMÁ ES

¡MENTIROSA!

NO ES VERDAD.

¡NO PUEDE HABER DOS MAMÁS!

¡UNA MAMÁ ES LA QUE TE LLEVA EN LA BARRIGA!

¡¡BARRIGA SÓLO HAY UNA!!

¡LAS MAMÁS SÓLO

TIENEN 1 BARRIGA!

CADA MAMÁ TIENE UNA BARRIGA.

LA QUE ME LLEVÓ EN SU BARRIGA NO PODÍA CUIDAR DE MÍ,

Y ENTONCES ME DEJÓ EN UN SITIO EN DONDE HABÍA

MUCHOS OTROS NIÑOS COMO YO, CON MAMÁS

QUE NUNCA LLEGAMOS A CONOCER.

MI MAMÁ MARTINA Y YO ESTÁBAMOS SOLAS, PERO UN DÍA

NOS ENCONTRAMOS Y NOS ADOPTAMOS UNA A LA OTRA.

AHORA YO TENGO DOS MAMÁS.

¡TAMBIÉN PUEDE HABER **2** MAMÁS!

¡UNA!

¡NO!

¡DOS!

¡SÍ!

MI MAMÁ ME HA CONTADO
QUE LA PRIMERA VEZ QUE ME VIO
YO ERA MÁS PEQUEÑO QUE
UN RENACUAJO,

PERO NO ESTABA DENTRO DE SU BARRIGA.

ESTABA DENTRO
DE UN VASITO ESPECIAL
QUE SE LLAMA PROBETA,
ALLÍ LAS SEMILLAS DE MI
MAMÁ SE ENCONTRARON
POR PRIMERA VEZ
CON LAS SEMILLAS
DE MI PAPÁ.

¡OOOOOOOOH!

MI MAMÁ ME HA CONTADO QUE COMO YO TENÍA PRISA POR NACER ME QUEDÉ MUY POCO TIEMPO DENTRO DE SU BARRIGA, ENTONCES ME PUSIERON DENTRO DE UNA CUNA ESPECIAL QUE PARECE UNA ASTRONAVE Y SE LLAMA INCUBADORA.

MI MAMÁ ME VEÍA CRECER FUERA DE SU BARRIGA.

ENTONCES...

¡NO HAY EN ABSOLUTO

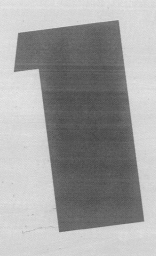 **SOLA FORMA**

DE NACER!

PERO..., ¿CUÁNTAS MAMÁS PUEDE HABER?

¿POR QUÉ NO SE LO PREGUNTAMOS A **MARIO EL TEMERARIO?**

A VER, MARIO, ¿CUÁNTAS MAMÁS EXISTEN?

¿QUIÉN OS ABRAZA CUANDO TENÉIS MIEDO A LA OSCURIDAD?

¡MI MAMÁ!

¡MI MAMÁ!

¡MI MAMÁ!

¿QUIÉN OS ABRAZA CUANDO HABÉIS TENIDO UN MAL DÍA Y OS APRIETA MUY CERCA DE SU CORAZÓN?

¡MI MAMÁ!

PUES LA RESPUESTA ES...

MARIO, YA LO HE ENTENDIDO...
UNA MAMÁ PUEDE LLEVARTE
DENTRO O FUERA DE SU BARRIGA,
O BIEN VERTE CRECER,
EN UN VASITO DE LABORATORIO
O EN UNA ASTRONAVE.

PERO TU MAMÁ ES AQUELLA QUE SIEMPRE ESTÁ CONTIGO.

Puede consultar nuestro catálogo en
www.picarona.net

¿Mamá sólo hay una?
Texto: *Isabella Paglia*
Ilustraciones: *Francesca Cavallaro*

1.ª edición: septiembre de 2016

Título original: *Di mamma ce n'è una sola?*

Traducción: *Lorenzo Fasanini*
Maquetación: *Montse Martín*
Corrección: *M.ª Ángeles Olivera*

© 2012, Fatatrac
sello de Edizioni del Borgo S r l., Casalecchio di Reno, Bolonia, Italia
www.fatatrac.it
www.edizionidelborgo.it
(Reservados todos los derechos)
© 2016, Ediciones Obelisco, S. L.
www.edicionesobelisco.com
(Reservados los derechos para la lengua española)

Edita: Picarona, sello infantil de Ediciones Obelisco, S. L.
Pere IV, 78 (Edif. Pedro IV) 3.ª planta, 5.ª puerta
08005 Barcelona - España
Tel. 93 309 85 25 - Fax 93 309 85 23
E-mail: picarona@picarona.net

ISBN: 978-84-16648-83-2
Depósito Legal: B-15.113-2016

Printed in Spain

Impreso en Gráficas 94, Hermanos Molina S. L.
Polígono Industrial Can Casablancas
Garrotxa, nave 5 - 08192 Sant Quirze del Vallès (Barcelona)